INAZUMA ELEVEN™ ARÈS

Adaptation : Nicolas Jaillet
Conception graphique et mise en pages : Florent Salaün

Hachette Livre, 58 rue Jean-Bleuzen, 92178 Vanves Cedex.

Inazuma Eleven Arès™

Un défi de taille

hachette JEUNESSE

LE COLLÈGE RAIMON

Sandra Fischer
gardien

Nino Nango
milieu de terrain

Kiko Calavento
défenseur

Cliff Parker
défenseur

Valentin Eisner
milieu de terrain

Trevor Cook
défenseur

César Montalbán
milieu de terrain

Adriano Donati
attaquant

Maxime Dassier
milieu de terrain/capitaine

Basile Hardy
attaquant

Sonny Wright
attaquant

Sonny Wright et ses amis de l'île de Lointe sont prêts à tout pour prouver qu'ils sont capables de remporter le prestigieux Football Frontier ! Et c'est compter sans le petit nouveau de la bande, Basile Hardy, qui maîtrise la compétence Tornade de feu. Détermination et esprit d'équipe sont les maîtres-mots du collège Raimon !

ANIMA SANA

Gideon Poe
gardien

Harry Leading
défenseur

Terry Stronger
défenseur

Philipp Marvel
défenseur

Noel Good
défenseur

Electra Faraday
milieu de terrain

Francis Tell
milieu de terrain

Darren Gouger
milieu de terrain

Victor Kind
milieu de terrain

Jonathan Seller
attaquant

Neil Turner

attaquant/capitaine

Pour triompher sur ses adversaires et remporter le Football Frontier, l'équipe d'Anima Sana s'appuie sur ses deux points forts : elle est soudée et très organisée. Mais elle peut également compter sur ses joueurs de talent, comme son capitaine et attaquant, Neil Turner, qui maîtrise la compétence Tir de Barrage !

ROYAL ACADEMY

Joe King
gardien

Peter Drent
défenseur

Ben Simmons
défenseur

Alan Master
défenseur

Gus Martin
défenseur

Nathan Swift
défenseur

Herman Waldon
milieu de terrain

John Bloom
milieu de terrain

Caleb Stonewall
milieu de terrain

Daniel Hatch
attaquant

David Samford

attaquant / capitaine

La Royal Academy est sans doute l'équipe la plus redoutable du Football Frontier ! Ses joueurs comptent parmi les meilleurs de la compétition et l'entraîneur Ray Dark y fait régner une discipline de fer en toutes circonstances. Mais l'arme la plus puissante de la Royal Academy, c'est sa compétence spéciale : le Manchot empereur N° 2 !

CHAPITRE 1

Catastrophe !

Aujourd'hui, c'est jour de match pour Raimon. Lorsque Regina entre dans la salle où se réunissent les joueurs avant chaque rencontre, toute l'équipe est déjà présente.

– Bonjour à tous ! Désolée d'être en retard… annonce-t-elle.

– Regina ! Tu es de retour ! s'écrie Aurelia en se jetant dans ses bras.

Regina s'étonne : son amie a les larmes aux yeux ! Qu'est-ce qui lui vaut un tel chagrin ? Après tout, Regina n'est partie que trois jours, pour une excursion en famille…

Aurelia essaye de se calmer.

– C'est… c'est… balbutie-t-elle. Il s'est passé… quelque chose.

Cette fois, la présidente du bureau des élèves commence à s'inquiéter sérieusement.

– Mais quoi ? demande-t-elle. Qu'est-ce qui s'est passé ?

Aurelia est trop troublée pour s'exprimer clairement, alors Regina se tourne vers les membres de l'équipe. Le match va débuter dans quelques minutes. Ils sont fin prêts. Mais ils ont l'air très anxieux. Apparemment, quelque chose les contrarie.

– À quelques minutes du coup d'envoi, ça ne se fait pas ! proteste Kiko.

– J'ai toujours su que ce coach était bizarre, grommelle César Montalbán.

Bon, se dit Regina, *ça concerne donc le coach. Mais que lui arrive-t-il exactement ?*

Elle se tourne vers Aurelia, qui semble avoir repris ses esprits.

– L'entraîneur... gémit la jeune fille entre deux sanglots.

– Qu'est-ce qu'il a, l'entraîneur ?

– Il a été arrêté !

Regina n'en croit pas ses oreilles ! Pourtant, ce n'est pas une mauvaise plaisanterie. Depuis trois jours, Monsieur Yi croupit en prison !

Les joueurs expliquent à Regina ce qui s'est passé. Le coach Yi les avait réunis pour le briefing de préparation du match d'aujourd'hui, qui va opposer Raimon à l'équipe d'Anima Sana. Il venait tout juste de prévenir les joueurs que, selon lui, un « nouveau défi » les attendait. Mais soudain, un groupe d'hommes en costumes noirs a fait irruption dans la salle !

– Monsieur Yi, vous êtes accusé d'avoir piraté des données informatiques ! a déclaré l'un d'eux. Vous êtes en état d'arrestation.

Ils lui ont passé les menottes avant de l'emmener. Le coach a eu tout juste le temps de crier à ses joueurs :

– C'est une erreur ! Je serai bientôt rentré !

Trois jours plus tard, l'équipe est toujours sans nouvelles de son coach.

Une fois leur récit terminé, Sonny et ses amis sont bien obligés de quitter la salle de conférence pour se rendre sur le terrain, la mort dans l'âme. Alors qu'il s'apprête à jouer sans aucune consigne de son entraîneur, Sonny s'arrête. Son

bracelet s'est mis à sonner, tout comme celui de ses camarades.

– Hein ? s'étonne-t-il. Je crois que j'ai… un message du coach !

Les autres joueurs l'imitent et regardent leur bracelet.

– « Je me suis fait attraper ! » lit Sonny.

Et il ajoute :

– « Smiley. »

Sonny et ses amis échangent des regards intrigués. Puis leurs bracelets sonnent à nouveau.

– « Ne vous inquiétez pas » ajoute Sonny. « Je vais vous donner mes consignes depuis ma cellule. Smiley qui cligne de l'œil. »

– Tu n'es pas obligé de nous décrire toutes les émoticônes, fait remarquer Regina.

– C'est vrai, admet Sonny.

Puis il poursuit sa lecture :

– « Adoptez la stratégie d'urgence ! »

Sonny et ses amis se demandent comment l'entraîneur a pu se débrouiller

pour envoyer ces messages de la prison. C'est qu'ils ne connaissent pas encore toutes les ressources de cet étrange personnage. Alors que ses gardes le poussaient vers sa cellule, monsieur Yi a réalisé une cascade assez spectaculaire. Prenant appui sur les deux hommes qui le tenaient, il a posé les pieds sur la grille de sa cellule. Puis il a fait un saut périlleux complet, qui a eu pour effet de déstabiliser complètement ses gardiens. Comme il avait les mains libres, il a eu le temps de reprendre

son téléphone dans la poche d'un des policiers, avant que ce dernier n'ait le temps de comprendre ce qu'il se passait.

Une fois qu'il a eu ce qu'il voulait, monsieur Yi s'est sagement laissé emmener au fond de sa cellule.

Grâce à ces messages, les joueurs de Raimon retrouvent un peu de

confiance. Un demi-entraîneur, c'est toujours mieux que pas d'entraîneur du tout.

Le couloir de chute

Les joueurs entrent sur le terrain. Le coup d'envoi est imminent.

– Qu'est-ce que ça veut dire : « stratégie d'urgence » ? demande Regina.

– La stratégie d'urgence consiste à faire appel à des mouvements spéciaux chaque fois que l'occasion se présente ! explique Sonny.

Les joueurs sont prêts à se lancer, quand ils reçoivent deux nouveaux messages : « Dans ce match, leur indique le coach, il faudra s'appuyer sur les actions décisives de Sandra Fischer et de Kiko Calavento ! »

– Comptez sur moi ! s'écrie Sandra, gonflée à bloc.

Quant à Kiko, il est un peu plus inquiet.

– Pourquoi est-ce qu'il m'a choisi ? se demande-t-il tout haut. Avant le match, le coach m'a juste demandé de l'aider à faire le ménage !

– Alors, c'est qu'il a un plan pour t'aider à trouver ta tactique spéciale ! réplique Cliff. C'est comme ça que ça s'est passé avec moi.

En prenant place sur le terrain, sous les applaudissements de la foule, Sonny et ses amis se rappellent les quelques mots que leur coach a eu le temps de prononcer avant d'être emmené par les policiers : « L'équipe d'Anima Sana est réputée pour utiliser au mieux les

compétences de ses onze joueurs. C'est un groupe extrêmement soudé. »

Seul dans sa cellule, monsieur Yi regarde sa montre. C'est exactement l'heure du coup d'envoi. Il ferme les yeux et compte les secondes : « Un… deux… trois… » Dans le même temps, il imagine ce qu'il se passe sur le

terrain : Sonny fait une première passe, se démarque, avance…

Monsieur Yi n'a pas besoin de plus pour savoir que le temps est venu de donner à ses joueurs ses premières indications.

Au même instant, sur le terrain, les joueurs de Raimon reçoivent la consigne : « Utilisez le couloir de chute ! »

Sans le savoir, alors qu'ils sont à plusieurs kilomètres l'un de l'autre, Sonny et son coach poussent le même cri :

– En avant !

Aussitôt, tous les joueurs de l'équipe s'élancent, depuis les attaquants jusqu'aux défenseurs. Ils forment une colonne et enfoncent les défenses adverses par le centre, en multipliant les passes. C'est ça, le « couloir de chute » !

Monsieur Yi sait, à la seconde près, combien de temps il faut à l'équipe de Raimon pour atteindre les cages

adverses, avec une telle technique. Il sait que c'est à Basile Hardy, l'attaquant le plus efficace, que Sonny va passer le ballon décisif.

Il sait que Basile va déclencher sa célèbre Tornade de feu. Mais il sait aussi que Gideon Poe, le gardien d'Anima Sana, ne se laissera pas impressionner.

Et le coach Yi ne s'est pas trompé ! Alors que le ballon enflammé de Basile fonce sur ses cages, Gideon claque dans ses mains. Au même instant, une sphère blanche se forme autour de ses cages. C'est la technique spéciale Protection Bulle ! Elle n'est pas suffisante pour arrêter la frappe spectaculaire de Basile, mais elle réduit considérablement sa vitesse. Avec un sang-froid exemplaire, Gideon parvient à saisir le ballon.

Au sein de l'équipe Raimon, c'est le désarroi ! Avec leur attaque fulgurante, ils ont déserté leur propre camp.

– Redescendez ! hurle Sonny. Tous en défense !

Mais c'est trop tard ! Grâce à la longue passe de Gideon Poe, les joueurs d'Anima Sana ont un temps d'avance. Ils le savent, et, tous ensemble, ils se lancent à corps perdu dans la contre-attaque !

Seul dans sa cellule, monsieur Yi sourit.

– Je les comprends, murmure-t-il. C’est tentant, ce grand terrain vide…

CHAPITRE 3

À toi de jouer, Kiko !

Kiko se replie en courant de toutes ses forces. Il est le dernier défenseur. Lui seul a une chance d'intercepter cette longue passe en hauteur. Mais comment faire pour atteindre la balle avant l'équipe adverse ?

La montre-bracelet de Kiko sonne. Encore un message du coach : « Vas-y, c'est le moment ! »

– Hein ? s'étonne Kiko. Mais… qu'est-ce que je dois faire ?

Kiko regarde le ballon qui vole, loin au-dessus de sa tête. Il réfléchit à toute vitesse. Il est évident que le coach Yi attend de lui quelque chose de précis… mais quoi, exactement ?

Kiko a passé ces trois derniers jours à nettoyer tous les étages du collège, armé seulement de deux petits chiffons. Et à chaque fois qu'il arrivait au bout de sa tâche, le démon farceur de monsieur Yi apparaissait. Cette créature étrange, à la tête cachée sous une sorte de cloche en porcelaine, s'amusait à répandre d'immenses flaques de peinture ! Pour tenir le coup, Kiko a fini par donner des surnoms à ses deux chiffons. Ses camarades ont commencé à douter un peu de sa santé mentale. Mais Kiko s'est acharné. Il a développé une technique particulière pour laver le sol avec ses deux chiffons, en glissant dessus comme un patineur sur glace.

Une technique particulière… En se remémorant ce souvenir, Kiko comprend ce que le coach attend de lui. Il se dresse sur la pointe des pieds, et se met à tournoyer sur lui-même en balançant la jambe, comme s'il patinait sur ses chiffons.

– Vortex de reprise ! s'écrie-t-il sur un ton décidé.

Autour de Kiko, une colonne de vapeur blanche s'élève et forme une mini tornade. Elle atteint bientôt le ballon et l'aspire dans sa spirale. L'offensive d'Anima Sana est stoppée net !

Fou de rage, Adriano Donati se met à hurler en tapant du pied. Basile s'étonne : qu'est-ce qui lui prend ? Adriano devrait être content que son équipe ait récupéré le ballon !

– Noon ! hurle Adriano. Kiko a eu une technique spéciale avant moiii !

Basile se frappe le front. Quel gamin, cet Adriano !

Sonny a récupéré le ballon. Et cette fois, c'est le terrain d'Anima Sana qui est désert ! Sonny dribble les rares défenseurs, et le voilà devant les cages de Gideon Poe ! Il frappe. Son tir, parfaitement ajusté, fonce vers la lucarne. Gideon fait de son mieux, mais cette fois, la balle lui échappe. Un à zéro pour Raimon !

Au fond de sa cellule, monsieur Yi pousse un cri de joie.

– Un à zéro ! Et ce n'est que le début…

Mais soudain, un bras passe par-dessus son épaule. Monsieur Yi tourne la tête. C'est un gardien ! L'homme saisit son téléphone pour le lui confisquer.

– Qu'est-ce que vous faites avec ça ? demande le geôlier. C'est interdit !

Aïe ! se dit monsieur Yi. *Ça va devenir beaucoup plus difficile, maintenant…*

C'est aux joueurs d'Anima Sana de faire l'engagement. Encouragés par leur coach, ils se lancent dans une attaque fulgurante, alors que les joueurs de Raimon attendent encore leurs instructions. Ils risquent d'attendre longtemps ! Monsieur Yi essaye plusieurs fois de reprendre son téléphone dans la poche du gardien, mais… sans succès !

Stimulés par le danger, les joueurs d'Anima se montrent à la hauteur de leur réputation. Ils mènent une attaque parfaitement coordonnée. Sandra se retrouve bientôt seule. Elle s'attend au pire, mais elle se tient prête. Les indications du coach lui restent en mémoire :

« Dans ce match, il faudra s'appuyer sur les actions décisives de Kiko… et de Sandra Fischer. »

CHAPITRE 4

De nouvelles techniques

Contrairement à Kiko, Sandra n'a pas peur des tâches ménagères, mais l'entraînement que monsieur Yi avait prévu pour elle était beaucoup plus classique. Il fallait arrêter un énorme pneu suspendu à un tronc d'arbre. Le problème, c'était le poids du pneu. Quand il se balançait à toute vitesse au bout de sa corde, Sandra n'était pas

de taille à l'arrêter. Elle s'est acharnée, mais comme elle sentait qu'elle ne progressait pas, elle a failli abandonner.

C'est un souvenir d'enfance qui l'a aidée. Elle s'est rappelé quand elle allait pêcher des perles au fond de l'océan. À cette époque aussi, elle avait failli abandonner. Elle ne se sentait pas capable d'atteindre de telles profondeurs.

Cette nuit-là, au lieu d'essayer de s'endormir, Sandra est retournée à l'entraînement. Elle a fixé le gros pneu avec détermination, et elle a dit :

– Plus profond. C'est comme avec les coquillages : il faut que j'aille puiser l'énergie… plus profondément !

Sandra repense à cette nuit, alors que Neil Turner et Jonathan Seller, les deux attaquants d'Anima Sana, foncent sur ses buts. Ils arrivent à passer Cliff sans le moindre effort. Sandra est seule. Mais elle a confiance. Elle se souvient.

Plus profond... se dit-elle. *Il faut chercher toujours plus profondément en nous. C'est le seul moyen de rapporter le trésor et la victoire.*

Neil Turner saute à pieds joints et lance son attaque spéciale : Tir de Barrage ! La balle fonce vers les buts, entraînant dans sa trajectoire en spirale une nuée de flammes. Contre le feu, Sandra lance une attaque d'eau. Balayant l'air de ses bras, elle provoque une Trombe d'Arrêt. Une colonne d'eau en forme de main avance vers la balle et l'amortit. Sandra a découvert sa technique spéciale !

Mais ce n'est pas le moment de se reposer. Sans attendre, la jeune fille renvoie le ballon en criant :

– Allez, maintenant : on fait le « risque tout » !

La stratégie du « risque tout » consiste à tout mettre en œuvre pour gagner, même les mouvements les plus improbables. Cette méthode est particulièrement efficace face à une équipe très organisée et très prévisible, comme Anima Sana !

Gonflée à bloc par l'exemple de Kiko et de Sandra, Raimon enfonce littéralement la défense adverse, grâce à une suite de cascades téméraires et spectaculaires. Arrivé dans les derniers mètres, Sonny fonce vers les buts. Bloqué par Noel Good et Philip Marvel, il tente une esquive en cloche. Malheureusement, Terry Stronger est là pour l'intercepter. Sonny a-t-il pris un risque de trop ?

Sonny accélère.

– Il ne faut pas décevoir Sandra ! s'écrie-t-il.

Et il court de toutes ses forces. Autour de ses jambes, l'air se met à crépiter. Ça y est ! La balle est sur Stronger.

Mais Sonny est là, lui aussi. Il attrape la balle entre ses jambes et survole son adversaire. Il passe à Basile, qui marque à l'aide de sa célèbre Tornade de feu !

Sonny vient de trouver sa technique spéciale. Il l'appellera « Accélération Éclair ».

La première mi-temps se termine sur le score de 2 à 0 pour Raimon. Durant la deuxième, ils marquent encore deux buts, sans laisser une seule occasion à Anima Sana de les rattraper. Le coach Yi a enfin réussi à reprendre son téléphone dans la poche du gardien endormi. Il a pu envoyer ses consignes.

Quand l'arbitre siffle la fin du match, Basile et Sonny osent à peine y croire ! C'est leur plus beau match depuis le début du championnat. Mais Neil Turner les interpelle :

– Ne vous réjouissez pas trop vite ! dit-il. Au prochain match, vous devrez affronter la Royal Academy. Vous n'avez aucune chance de les battre !

Les joueurs de l'équipe Raimon quittent les vestiaires, fous de joie ! Seul, Sony reste à l'écart du groupe. Il marche en baissant la tête, pensif.

– Sonny Wright !

– Hein ?

Sony sort brusquement de sa rêverie. Qui l'appelle ? Il se retourne, tout étonné de découvrir Jude Sharp, le grand stratège de Polaris, à ses côtés.

– Ce n'est pas le moment de vous reposer sur vos lauriers ! lui recommande ce dernier. La Royal Academy est peut-être la pire équipe que vous n'affronterez jamais. Ils sont encore plus terribles que Polaris !

Sans un mot de plus, Jude tourne les talons et s'éloigne. Bizarrement, cette rencontre a rendu le sourire à Sonny. Il court aussitôt vers ses camarades.

– Vous savez quoi ? Je viens d'avoir une conversation avec Jude Sharp ! s'écrie-t-il, ravi.

CHAPITRE 5

Des adversaires redoutables

De retour au centre d'entraînement, nos amis ont l'heureuse surprise d'être accueillis par… leur coach ! Soupçonné à tort d'avoir téléchargé des informations ultrasecrètes, monsieur Yi a été innocenté.

Tout le monde a hâte d'entendre le briefing d'Aurelia sur la Royal Academy. Il s'agit d'une équipe redoutable, entourée d'un profond mystère.

– Pendant quarante ans, la Royal Academy a conservé la tête du classement ! explique Aurelia. Cette année, pour la première fois, ils ont dû céder leur place à l'école Polaris. Ils doivent cette position dominante à leurs trois points forts. D'abord, un capitaine énergique et très fort en stratégie. Ensuite, ils maîtrisent une compétence redoutable : Manchot empereur N° 2. Mais surtout, leur entraîneur, Ray Dark, est prêt à tout pour gagner. On l'a même mis en prison pour avoir commis des actes de violence contre

des joueurs. Il vient à peine d'être libéré.

– Leur capitaine… intervient César Montalbán. Tu veux parler de Jude Sharp ! Mais il a quitté la Royal Academy. Il ne devrait plus être un obstacle pour nous.

– Leurs entraînements se passent dans le plus grand secret, fait remarquer Maxime Dassier. Impossible de savoir ce qu'ils mijotent.

– Mais le plus bizarre avec cette équipe, c'est la légende que l'on raconte à leur sujet : toutes les équipes qui perdent contre la Royal Academy ne gagnent plus un seul match par la suite ! ajoute Trevor.

– Comme s'ils étaient ensorcelés ! renchérit Sandra.

Un silence inquiet tombe sur l'équipe Raimon. Personne n'ose ajouter un mot de plus. Sonny, toujours prêt à remonter le moral des troupes, déclare sur un ton enthousiaste :

– Bon ! Eh bien, c'est un mystère qu'il nous faudra élucider !

Au même moment, dans une salle sombre et austère, la Royal Academy se rassemble aussi, mais l'atmosphère est très différente. Avec sa discipline très stricte, cette équipe porte bien son nom ! Pourtant, les uniformes irréprochables des joueurs dissimulent mal la tension qui y règne. Arrivé en retard, l'attaquant Caleb Stonewall ne se gêne

pas pour ironiser sur le départ de Jude Sharp. Quand Ray Dark fait son entrée, c'est dans un silence de mort.

– Quand je pense qu'il va falloir obéir à un type violent qui sort de prison ! grommelle John Bloom.

Contrairement aux joueurs de Raimon, ceux de la Royal Academy sont loin de croire à l'innocence de leur coach !

– Je vous présente un nouveau joueur ! déclare Ray Dark. Voici Grotley Bogwash !

Un ricanement désagréable retentit, et un personnage tout aussi désagréable apparaît, comme un diable qui sort de sa boîte.

– C’est moi, Grotley Bogwash ! dit le nouveau venu. Et vous savez quoi ? Je suis le meilleur ! C’est le chef qui me l’a dit !

– Qu’est-ce que c’est que ce type ? demande John Bloom à mi-voix.

– Ça doit être le fils d’un des dirigeants de l’équipe, répond David Samford. C’est la seule explication.

– Je vais maintenant vous dévoiler ma stratégie pour vaincre l'équipe Raimon ! annonce Ray Dark.

– Pas besoin de stratégie pour battre une équipe pareille ! ironise Caleb.

Cette remarque arrache un sourire à Ray Dark, qui réplique aussitôt :

– Vous ne savez rien des capacités de Raimon ! Et d'ailleurs, vous ne savez rien de vos propres capacités non plus !

CHAPITRE 6

Une drôle de stratégie...

L'atmosphère n'est pas près de se détendre, au sein de la Royal Academy. À peine entrés sur le stade, les joueurs doivent tous changer de chaussures.

– Qu'est-ce qu'il lui prend ? demande Daniel Hatch en regardant Ray Dark, furieux. Il ne sait donc pas que pour un joueur, les crampons, c'est très important ?

Quant à l'équipe de Raimon, elle est gonflée à bloc ! Comme pour marquer son retour, le coach Yi leur a concocté la journée la plus dure de leur vie ! Il a appelé ça : Entraînement classique intensif spécial ! Sonny et ses amis ont cru qu'ils n'y survivraient pas. Mais ils ont appris de nouvelles techniques vraiment formidables. Ils ont hâte de les tester sur le terrain.

Alors que l'arbitre est sur le point de siffler le début du match, des cris retentissent autour des buts adverses. Sur ordre de Ray Dark, David Samford doit céder son brassard de capitaine à Bogwash, le nouveau !

– Mon pauvre vieux ! ironise Caleb. Tu as eu tant de mal à récupérer ce brassard après le départ de Sharp. Et maintenant, tu dois le céder à ce nul !

David serre les dents. Il aimerait bien clouer le bec à Caleb. Mais il fait de son mieux pour se calmer. Ce n'est pas le moment de déclencher une bagarre. Surtout pas entre joueurs de la même équipe !

C'est le coup d'envoi ! La balle est à la Royal Academy. Les attaquants, Samford, Stonewall et Hatch, s'élancent. Mais très vite, un mystérieux phénomène se produit. Alors

qu'ils devraient profiter à fond de cette offensive, les joueurs de la Royal Academy sont ralentis. C'est comme s'ils avaient des fers aux pieds !

Tout le monde se demande ce qu'il se passe… à commencer par les joueurs de la Royal Academy eux-mêmes !

Après un moment de surprise, Raimon contre-attaque. Sans le moindre effort, César vole la balle à Samford et lance une offensive, soutenu par Kiko. Avec la même facilité, ils esquivent la défense adverse. Arrivé dans la surface de réparation, Kiko passe à Basile, qui lance une Tornade de feu juste en face des buts !

Terrifié, Bogwash ne fait rien pour arrêter cette balle enflammée. Au

contraire, il se jette à plat ventre pour l'éviter. Un à zéro pour Raimon.

– C'est incroyable ! s'étonne César. C'est donc ça, l'équipe la plus terrible du championnat ? Je les croyais plus forts !

– Peut-être que c'est nous qui avons fait des progrès, réplique Kiko.

– Si c'est leur stratégie, je ne comprends pas en quoi elle consiste ! conclut Sonny.

La balle revient à la Royal Academy. Mais les joueurs sont toujours ralentis. Ils commencent à comprendre : c'est à cause des nouveaux crampons que leur coach leur fait porter. Ces derniers les ralentissent volontairement ! En effet, les chaussures des joueurs sont pilotées par une tablette que tient l'assistant de Ray Dark. Il peut leur attribuer trois vitesses différentes : lent, moyen et rapide.

Raimon s'empare du ballon, et tous passent à l'attaque. Mais cette fois, les défenseurs de la Royal Academy serrent les rangs devant les buts. Ils savent qu'ils ne peuvent pas compter sur leur goal !

Basile réclame la balle, mais tous les joueurs de Raimon veulent profiter de cette occasion de marquer un but ! Ils multiplient les frappes, sans

succès : la Royal Academy ne ménage pas ses efforts, et tous les tirs sont arrêtés. Seul Sonny finit par marquer un but, à l'aide de son attaque spéciale : Accélération Éclair.

La première mi-temps se termine sur le score de deux à zéro pour Raimon. Mais à la reprise, la Royal Academy reprend vite le dessus. Leur coach a décidé de mettre leurs chaussures en mode « normal ».

– Ray Dark est très malin ! dit monsieur Yi. Nos joueurs se sont fatigués inutilement, et maintenant, ce sont eux qui sont trop lents ! Il a réussi à briser notre rythme.

Très vite, la Royal Academy marque son premier but avec la fameuse attaque du Manchot empereur N° 2. Une technique terriblement efficace, et qui demande une coordination parfaite entre les trois attaquants !

CHAPITRE 7

Changement de rythme !

– Je n'arrive pas à suivre ! gémit Trevor Cook.

Sandra, depuis ses buts, a la meilleure position pour observer ce qu'il se passe sur le terrain.

– Nos joueurs ont perdu leurs places, dit-elle. Ils sont complètement perdus !

Sandra tente de rappeler ses camarades en défense, mais c'est trop tard.

Daniel Hatch lance un Tir Fatal. Cette attaque est si terrible que même avec sa Trombe d'Arrêt, Sandra ne parvient pas à l'arrêter.

Et la série noire continue. Après avoir égalisé, la Royal Academy réussit à marquer un but supplémentaire. Cette fois, les joueurs de Raimon sont complètement dépassés !

Sonny s'apprête à remettre la balle

Sonny s'apprête à remettre la balle en jeu. Cette fois-ci, il ne trouve plus la force d'y croire. Être allé si près de la victoire, et la voir s'échapper ! Il reste cinq minutes de jeu. Toute l'équipe est à bout de forces. Comment faire pour contrer cette malédiction ?

Soudain, un claquement de mains retentit, venant du banc de touche. Sonny tourne la tête. Monsieur Yi s'est levé.

– C'est le moment du… baby-foot ! hurle-t-il à l'attention de toute l'équipe.

Les joueurs de Raimon échangent des regards étonnés.

– Le baby-foot ? demande Kiko. Mais je croyais que c'était juste un jeu à l'entraînement, pour se détendre…

– Il faut croire que non ! réplique Sonny. Allez, tout le monde ! On fait comme à l'entraînement !

Sonny a soudain retrouvé sa confiance habituelle. Il lance la balle, et l'équipe Raimon se déploie sur le terrain en adoptant la stratégie qu'elle a mise au point la veille : chacun se déplace dans un petit rectangle, toujours le même. Les joueurs ne doivent en sortir sous aucun prétexte. S'ils risquent de franchir la ligne imaginaire de ce rectangle, ils passent la balle ! Ils doivent trouver la force de se comporter comme… un joueur

en plastique, fixé sur la barre d'un baby-foot !

Cette stratégie a plusieurs effets. D'abord, elle permet de faire face à une équipe très rapide. Par ailleurs, son côté bizarre a le don de déconcentrer l'adversaire. Enfin, en courant moins, les joueurs de Raimon économisent leurs forces. La balle remonte ainsi jusqu'à Basile, qui marque un deuxième but avec sa Tornade de feu ! Raimon a rétabli le score.

C'est un coup dur pour la Royal Academy. Mais Ray Dark a tout prévu ! Pour la première fois depuis le début du match, il place les chaussures de ses joueurs en mode rapide. Et leur attaque est fulgurante !

Trop content de profiter de ce regain d'énergie, David Samford part tout seul en tête. En quelques secondes à peine, le voilà en bonne position pour tirer ! Il se voit déjà marquer le but de la victoire. Mais c'est compter sans la détermination de Sonny, qui puise dans ses dernières forces. Au prix d'une accélération surhumaine, il réussit à tacler Samford. La balle rebondit dans les mains de Sandra.

Ouf ! Le danger est écarté. Caleb s'en prend à David, lui reprochant de leur avoir fait perdre cette belle occasion en jouant tout seul. Basile s'approche et leur lance :

– Ça ne sert à rien de vous chamailler ! De toute façon, vous n'êtes qu'une bande de lâches !

Ayant réussi à attirer leur attention, Basile ajoute en désignant les chaussures de ses adversaires :

– Vous n'êtes pas capables de nous battre sans tricher ! C'est lamentable !

Quand le match reprend, les joueurs de la Royal Academy ont perdu le feu sacré. Ils multiplient les erreurs et laissent l'avantage à Raimon. Excédé, Caleb retire ses

crampons et quitte le terrain. Puis il va se planter devant son entraîneur.

– Je veux mes chaussures ! exige-t-il.

Ray Dark reste silencieux, se contentant de le regarder avec un sourire étrange.

– Tu es sûr ? Tu as décidé de ne pas respecter mes consignes ? demande-t-il finalement.

– Je veux me battre dignement contre des joueurs passionnés ! s'écrie Caleb en désignant ses adversaires.

Le sourire de Dark ne fait que s'élargir.

– Très bien, dit-il. Tu peux reprendre tes chaussures.

CHAPITRE 8

Un mystère élucidé

Non seulement Ray Dark abandonne sa stratégie sans la moindre résistance, mais il fait également remplacer Grotley. Furieux, ce dernier se précipite vers le banc de touche pour se plaindre :

– Mon père est le plus gros actionnaire de votre sponsor ! hurle-t-il. Je vous ferai renvoyer !

– Je me fiche complètement de ton père, réplique Dark. Je ne t'ai fait jouer que pour arriver à mes fins. Maintenant que j'ai eu ce que je voulais, va-t'en ! Tu es renvoyé.

Grotley tente de protester, mais le service d'ordre intervient pour le faire sortir du stade.

Et le match reprend ! En quittant ses chaussures trafiquées, la Royal Academy a retrouvé la foi. Sans compter qu'ils ont maintenant un redoutable goal : Joe King ! Avec sa technique Morsure Bestiale, il arrête même les boulets de canon de Basile !

Il reste deux minutes de jeu. Grâce à une coordination impeccable, les attaquants de la Royal Academy effectuent une percée dans le camp de Raimon. Ils lancent une terrible attaque collective : Tir Puissance 2 ! Sandra réplique avec sa Trombe d'Arrêt, mais ça ne semble pas suffisant. Malgré une résistance acharnée, elle recule inexorablement !

Heureusement, Trevor intervient. Il dévie la balle et sauve l'équipe de la catastrophe.

Ça s'annonce mal. Les joueurs de Raimon sont épuisés, alors que leurs adversaires viennent tout juste de retrouver un second souffle.

– Il nous reste encore une carte à jouer ! déclare Sonny. Vous vous rappelez ce que le coach nous a appris lors de l'Entraînement classique intensif spécial ?

– Oui ! gémit Basile. Rien que d'y penser, je suis encore plus fatigué.

Tous les joueurs de Raimon partagent l'avis de Basile. Ils frissonnent en songeant au moment où le coach Yi leur a ouvert les portes du Centre d'entraînement Inabikari. Un lieu secret, et presque sacré pour tous les fans de football.

Là, les joueurs de Raimon ont souffert comme jamais. Mais ce qu'ils

ont appris dans ce centre souterrain peut leur permettre aujourd'hui de résister à une équipe comme la Royal Academy.

Sonny et ses amis suivent les directives de leur coach et se replient en défense. Ce qui laisse à la Royal Academy toute la place pour lancer leur redoutable attaque : Manchot empereur. Tandis que Caleb et Daniel s'envolent, une troupe de manchots sortent du sol et emportent le ballon vers les cages. Mais au même moment, Kiko, César et Nino se

sont réunis au milieu du terrain. Ils unissent leurs forces pour ouvrir une Cage gravitationnelle. Et le Manchot empereur est pris dans la cage !

Ce n'est pas tout. L'équipe Raimon a aussi appris une autre attaque spéciale. Sandra, Basile et Sonny se regroupent devant les buts et invoquent l'Ours polaire N° 2 ! Tandis que nos trois

héros frappent la balle ensemble, un ours blanc apparaît. À l'aide de son souffle glacial, il propulse le ballon jusqu'au fond des cages adverses. Même avec son mouvement spécial, Joe King n'a rien pu faire !

Le public est en délire. Raimon, une équipe de débutants, a réussi à vaincre la Royal Academy et à se qualifier pour le championnat ! Monsieur Black, l'assistant de Ray Dark, n'en croit pas ses yeux.

– Nous… nous avons perdu, c'est bien ça ? bégaye-t-il.

– Oui, réplique le mystérieux entraîneur. Mais ça n'a pas d'importance. Car notre équipe est purifiée.

En effet, les joueurs de la Royal Academy ne semblent pas très affectés par leur défaite. Ils ont retrouvé le plaisir de jouer ensemble, et sans tricher. Tout ce qui s'est passé durant cette fin de match n'appartient qu'à eux !

Comme à leur habitude, Heath Moore et Duske Grayling, de l'équipe Sélène, ont assisté au match depuis le haut des gradins.

– Je repense à cette histoire, dit Heath. Comme quoi une équipe vaincue par la Royal Academy ne gagne plus jamais un championnat.

– Oui, réplique son ami. C'est parce qu'ils anéantissent le point fort de leur adversaire. Ça crée un grand vide dans la stratégie des équipes.

– C'est ce qu'on raconte, réplique Heath. Mais je crois que ce n'est pas la vraie raison. En effet, même s'ils ne gagnent plus, les équipes qui ont joué contre la Royal obtiennent de bien meilleures statistiques dans tous les domaines. En fait, jouer contre cette équipe les a rendus plus forts !

C'est en tout cas ce qui est arrivé à l'équipe Raimon. Ni la réputation terrible de son adversaire ni la tricherie ne l'ont détournée de son but. Et maintenant, la voilà qualifiée pour le championnat ! Pour Sonny et ses amis, c'est le plus beau de tous les rêves qui se réalise !

Fin

ISLAND
GEKKO

Retrouve très prochainement la suite des aventures du collège Raimon !

As-tu déjà lu les aventures de Sonny et de ses amis ?

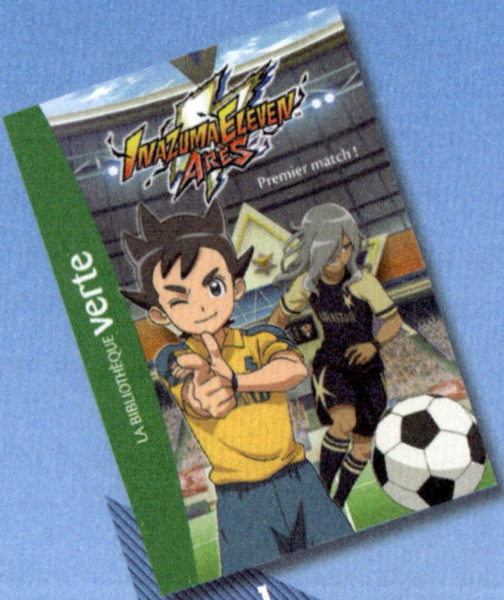

Tome 1

Tome 2

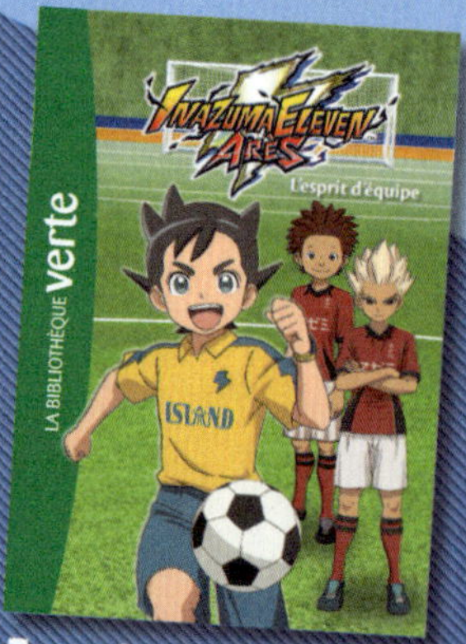

Tome 3

Pour tout connaître sur ta série préférée, va sur le site :
www.bibliotheque-rose.com

TABLE DES MATIÈRES

hachette s'engage pour l'environnement en réduisant l'empreinte carbone de ses livres. Celle de cet exemplaire est de :
400g éq. CO_2
Rendez-vous sur www.hachette-durable.fr

PAPIER À BASE DE FIBRES CERTIFIÉES

Photogravure Nord Compo - Villeneuve-d'Ascq
Imprimé par Rotolito Romania en Roumanie
Dépôt légal : octobre 2020
Achevé d'imprimer : septembre 2020
55.5585-6/01 – ISBN 978-2-01-628903-7
Loi n° 49956 du 16 juillet 1949
sur les publications destinées à la jeunesse